小帆船经典故事桥梁书

意想不到的款待

[日]横山洋子 主编 [日]市川宣子 改编

[日]小林洁子 [日]林菜摘子 [日]城仓 绘图

吴瑕 翻译

海南出版社

·海口·

作品名6：ランドセル名作　3つのごちそう
市川宣子・文、小林ゆき子・絵、林なつこ・絵、シロシオ・絵、横山洋子・監修

Randoseru Meisaku 3tsu no Gochisou

版权合同登记号：图字：30-2021-123 号

图书在版编目（CIP）数据

意想不到的款待 /（日）横山洋子主编；（日）市川宣子改编；（日）小林洁子，（日）林菜摘子，（日）城仓绘图；吴瑕译．-- 海口：海南出版社，2023.1
（小帆船经典故事桥梁书）
ISBN 978-7-5730-0594-6

Ⅰ．①意… Ⅱ．①横… ②市… ③小… ④林… ⑤城… ⑥吴… Ⅲ．①儿童故事－图画故事－日本－现代
Ⅳ．①I313.85

中国版本图书馆 CIP 数据核字 (2022) 第 108770 号

小帆船经典故事桥梁书·意想不到的款待
XIAO FANCHUAN JINGDIAN GUSHI QIAOLIANG SHU · YIXIANG-BUDAO DE KUANDAI

主　　编：[日]横山洋子
改　　编：[日]市川宣子
绘　　图：[日]小林洁子 [日]林菜摘子 [日]城仓
翻　　译：吴　瑕
策　　划：三环童书
校　　订：闻　风
责任编辑：陈淑芸
项目编辑：徐　溧 张　靖
责任校对：邓波尔
责任印制：杨　程
装帧设计：谷亚楠
印刷装订：佛山市华禹彩印有限公司
出版发行：海南出版社
总社地址：海口市金盘开发区建设三横路 2 号
邮　　编：570216
上海地址：上海市虹口区株洲路 309 号 202 室
电　　话：0898-66812392
电子邮箱：hnbook@263.net
经　　销：全国新华书店
版　　次：2023 年 1 月第 1 版
印　　次：2023 年 1 月第 1 次印刷
开　　本：889 mm × 1300 mm　1/32
印　　张：3
字　　数：60 千字
书　　号：ISBN 978-7-5730-0594-6
定　　价：20.00元

狐狸与仙鹤

改编自《伊索寓言》

[日]市川宣子 改编
[日]小林洁子 绘图

狐狸和仙鹤是一对好朋友。

一天，狐狸对仙鹤说：“明天来我家玩吧。我请你吃大餐。”

“好啊好啊，谢谢你的邀请。”仙鹤愉快地答应了。

第二天，仙鹤兴高采烈*地去了狐狸家。

* 兴高采烈：兴致很高，情绪热烈。

“快，尝尝吧。”

狐狸请仙鹤吃的大餐是美味的汤。汤是用扁扁的盘子盛好端上来的。

可是，仙鹤的嘴太长、太尖，他根本喝不到盘子里的汤。

仙鹤只能闻着汤的香味，眼巴巴地看着狐狸“吧嗒吧嗒”地喝汤。

“哎呀，真不好意思，看样子你不喜欢喝汤。”狐狸嘻嘻地坏笑起来。

仙鹤生气极了，他想：“可恶的狐狸竟敢捉弄我，我也要想个办法捉弄回去。”

于是，仙鹤微笑着对狐狸说："狐狸先生，谢谢你的汤。明天换我来招待你。请一定赏脸呀。"

“就这么说定了！”狐狸高兴地答应了。

第二天，狐狸去了仙鹤的家。

“快请！别客气。”

仙鹤招待狐狸的也是美味的汤。汤是用长长的深口瓶装好端上来的。

然而狐狸的嘴太短，他想尽办法都喝不到瓶子里的汤。

狐狸也只能闻着汤的香味，眼巴巴地看着仙鹤“哧溜哧溜”地喝汤。

狐狸体会到了仙鹤的感受。他挠挠头，有点儿后悔捉弄了仙鹤。

仙鹤也有些不好意思："这下我们扯平了。"

他们相视一笑，又做回了好朋友。

迷宫 1

狐狸能拿到  ，然后走到仙鹤那儿去吗？

答案在最后一页。

小圆面包

改编自俄罗斯民间故事

[日]市川宣子 改编
[日]林菜摘子 绘图

从前，有一对恩爱的老夫妻。

一天，老爷爷坐在椅子上喝着茶，突然思念起了小圆面包的味道。

“好想吃圆圆的小面包哟！”老爷爷对老奶奶说。

“那我来烤吧，就是不知道家里的小麦粉够不够。”

老奶奶找出存放小麦粉的箱子，刮了刮边边角角，拼凑出一堆小麦粉。

然后，她把小麦粉和奶油混合在一起，揉成一个圆形的面团，再给面团做了两只圆圆的眼睛和一张微笑的嘴巴。

接着，她把面团用油炸了。

看啊，小圆面包做好咯。

“好了，把它放在窗外晾晾吧。”老奶奶把小圆面包装在盘子里，放在窗台上。

风轻轻地吹，小圆面包在窗台上看着远方，有些忧愁。

“好想离开这里啊，我不想被吃掉。”

“对了，我可以翻滚出去！”

于是，小圆面包从窗台上滚落下来，一直滚到门口，接着，又“骨碌骨碌”滚到了房子的外面……

出门之后，小圆面包遇上了一只兔子。

“啊，是小圆面包啊。我就不客气啦。”说着，兔子伸出了爪子。

“等一下！在吃掉我之前，听我唱首歌吧。”

小圆面包唱了起来：

小面包，圆又圆。
掏空箱子做面团，
揉进奶油香甜甜，
油炸出，我这圆溜溜的脸。

小面包，圆又圆，
滚到阿婆门外面，

逃过阿公盘中险，

如何会，留在兔子的跟前？

要我说，再也不见！

转眼间，小圆面包就“骨碌骨碌”滚远了……

接着，小圆面包遇上了一匹大灰狼。

“哦，是小圆面包啊。我就不客气啦。”说着，大灰狼张开了嘴巴。

“等一下！在吃掉我之前，听我唱首歌吧。”

小面包，圆又圆。

掏空箱子做面团，

揉进奶油香甜甜，

油炸出，我这圆溜溜的脸。

小面包，圆又圆，

滚到阿婆门外面，

逃过阿公盘中险，

跑出兔子双爪边，

如何会，留在灰狼的跟前？

要我说，再也不见！

转眼间，小圆面包就“骨碌骨碌”滚远了……

随后，小圆面包又遇上了一头棕熊。

“哦，是小圆面包啊。我就不客气啦。”说着，棕熊舔了舔牙齿。

“等一下！在吃掉我之前，听我唱首歌吧。”

小面包，圆又圆。
掏空箱子做面团，
揉进奶油香甜甜，
油炸出，我这圆溜溜的脸。

小面包，圆又圆，
滚到阿婆门外面，
逃过阿公盘中险，
跑出兔子双爪边，
躲开灰狼利牙尖，
如何会，留在棕熊的跟前？
要我说，再也不见！

转眼间，小圆面包就又“骨碌骨碌”滚远了……

最后，小圆面包遇上了一只狐狸。

狐狸笑眯眯地说道：“哦，是小圆面包啊。真是可爱啊！”

小圆面包也笑着说道：“听我唱首歌吧。”

小面包，圆又圆。

掏空箱子做面团，

揉进奶油香甜甜，

油炸出，我这圆溜溜的脸。

狐狸听了一半，笑嘻嘻地说道：“你唱得真好听！我想听得更清楚一点儿，你到我的鼻尖上来唱吧。”

于是，小圆面包跳上了狐狸的鼻尖，继续唱起来。

小面包，圆又圆，
滚到阿婆门外面，
逃过阿公盘中险，
跑出兔子双爪边，
躲开灰狼利牙尖，
骗得棕熊肚扁扁，
如何会，留在狐狸的跟前？

狐狸又嘻嘻地笑了起来。

“真了不起！在你和我说再见之前，再唱一遍呗。这次来我的舌头上唱吧。”

说着，狐狸伸出舌头。

小圆面包跳到了狐狸的舌头上。

说时迟那时快，狐狸张开了大嘴，啊呜！

啊——小圆面包就这么被吃掉了。

迷宫 2

小圆面包能在遇见、和后，再遇见狐狸吗？

答案在最后一页。

汉塞尔与格莱特

改编自《格林童话》

[日]市川宣子 改编

[日]城仓 绘图

很久很久以前，在一座大森林的边上，住着一对相亲相爱的好兄妹。哥哥叫汉塞尔，妹妹叫格莱特。

他们的继母心肠歹毒，爸爸虽然心地善良，却性格软弱。

兄妹俩家里非常贫穷，一家人经常缺衣少食，最近，更是连面包也买不起了。

一天晚上，继母偷偷地对爸爸说："咱们家已经养不起四个人了。明天，我们就把那两个小家伙扔到森林里去吧。"

兄妹俩偷听到两个人的谈话，吓了一跳。

“我们两个要被抛弃了。”

格莱特伤心地哭了起来。

汉塞尔摸着妹妹的头安慰道：“不要紧的。有哥哥在。”

说完，他就悄悄地跑出了家。

趁着月色，他捡了很多白色的小石头。

第二天一早，继母对大家说："走吧，今天我们一起到森林里去。"

格莱特和爸爸有气无力地跟在继母后面。

汉塞尔一边在最后面走着，一边把白色的小石头扔在路上。

大家在森林里绕啊绕，绕了一大圈之后，继母对他们说：“我们有事要走开一会儿，之后会来接你们的，你们就乖乖在这儿等我们吧。”

说完，继母和爸爸就离开了。

兄妹俩走了好长的路，这会儿都累坏了。他们靠在一起，“呼呼”地睡着了。

当两人醒来的时候，周围已经漆黑一片。继母和爸爸并没有回来接他们。

“怎么办？我们不认识回家的路啊！”格莱特焦急地说道。

汉塞尔指着地上的石头，对她说：“别担心，看看这条路吧。”

白色的小石头在皎洁的月色下泛着柔光，像一盏盏小灯笼，指引出一条回家的路。

“原来哥哥做了标记啊！”格莱特兴奋起来。

就这样，两个人沿着一颗颗白色小石头，一路走回了家。

爸爸喜出望外，连忙跑出门来迎接他们。

然而，团聚的日子没过多久，一天早晨，继母又对大家说道：“走吧，今天我们一起到森林去。”

这下可根本来不及去捡小石头了。

爸爸用很小的声音隔着门提醒两兄妹：“今天的午餐要在森林里吃。”

于是兄妹俩一人切了一片面包，捏在手里。

汉塞尔把面包撕成一小块一小块的，扔在走过的路上。

在兄妹俩累得走不动路的时候，继母和爸爸又走开了。

不过这回，他们一点儿也不慌张。两人一起把格莱特的面包吃掉，坐着等待夜晚的到来。

“月亮一出来，白色的面包就会亮起来的。”

然而，等到月亮出来后，他们并没有看见面包。

原来是森林里的小鸟们把面包吃掉了。

“这可麻烦了……”

“家在哪一边呢？”

兄妹俩只得硬着头皮寻找回家的路。他们走啊走，走到了森林的深处，迷了路。

渐渐地，太阳升了起来，天亮了，但两个人还是没有找到正确的方向。

突然，一只白色的小鸟飞了过来，用美妙的嗓音唱着歌，然后围绕着兄妹俩跳起舞来。

“它好像在说‘跟我来吧’。”

“我们跟上去吧。”

他们跟着小鸟穿过一片树林，不一会儿就看见了一栋小屋。

那可不是一栋普通的小屋。

屋顶上铺着厚厚的蛋糕，窗户和门是用巧克力做成的，墙壁则是用香喷喷的饼干做成的，小屋上还点缀着一颗颗糖果！

“天哪，这是一栋糖果屋！”

兄妹俩闻着糖果的香味，心里甜蜜极了。

正当两人沉浸在糖果屋带来的喜悦中时，远处走来一个老婆婆。

老婆婆对兄妹俩说道：“小家伙，你们是不是迷路了？到我家去歇一歇吧。”

老婆婆拉起汉塞尔的手，对他说：“哎呀，你还真是瘦呢。快到我家吃点儿东西。”

然后，老婆婆把兄妹俩带到自己的家，招待他们饱餐了一顿。

“真是太好吃啦！”

“终于填饱肚子啦！”

那天晚上，兄妹俩还在老婆婆家睡了一个好觉。

然而，第二天一早，老婆婆便把汉塞尔丢进了一间小屋。

她得意地说道：“哈哈，这下你想吃多少好吃的都可以。多长点儿肉吧，到时候我好吃掉你。”

原来，老婆婆是个巫婆。

“至于那个女孩子嘛，就让她没日没夜地为我干活吧。”她盘算道。

那之后，巫婆每天早上都会去看汉塞尔，还会给他带去一些食物。一天，巫婆对汉塞尔说道：“差不多长胖了吧。把手伸出来看看。”

汉塞尔发现巫婆眼神不好，于是每次都把鸟的骨头从铁栏门里伸出去。

巫婆摸了摸鸟骨头，然后失望地摇头叹息：“怎么回事？还是这么瘦。这要是咬一口，还不得把牙硌掉。”

终于有一天，巫婆失去了耐心。

“我再也等不下去了，就这么将就吃吧。”

“格莱特，给我烧一锅开水去！还有，烤炉里也给我生起火来！”巫婆对格莱特命令道。

“啊，怎么办啊？”格莱特暗暗着急。

格莱特生好烤炉的火后，故意对巫婆说道：“不知道火烧起来没有。”

“这点儿小事都做不好，给我放聪明些！像我这样，往烤炉里好好地看一下。”

说着，巫婆往烤炉里伸了伸脑袋。

“趁现在！”格莱特用尽浑身力气把巫婆推进了火里。

格莱特赶紧把汉塞尔从小屋里放出来。

“哥哥，巫婆被我推进火里了！”她高兴地说道。

“太棒了！格莱特，你真了不起！”汉塞尔兴奋地握住了妹妹的手。

坏心肠的巫婆很有钱，她的家里藏着许多金银财宝。

“我们把这些带回家，送给爸爸做礼物吧。”

两人把金银财宝放在口袋里，手牵手离开了巫婆家。

走了一会儿，他们的面前出现了一条大河。

兄妹俩正在犯愁的时候，一只鸭子游了过来，让他们轮流坐在自己的背上，载着他们过了河。

两人一上岸，就看见了那片熟悉的森林，还有那栋令人想念的小房子。

“我们回来了！”兄妹俩情不自禁*地向家门口跑去。

他们的爸爸看见后，赶紧敞开怀抱迎上去，并流下了高兴的泪水。

此时，坏心眼儿的继母已经因病去世。爸爸因为当初听从继母的话，丢下两个孩子，一直后悔不已。

那之后，一家三口过上了幸福的生活。

---

*情不自禁：抑制不住自己的感情。

迷宫 3

兄妹俩能拿到  、 和  ，然后回到爸爸身边吗？

兄妹俩

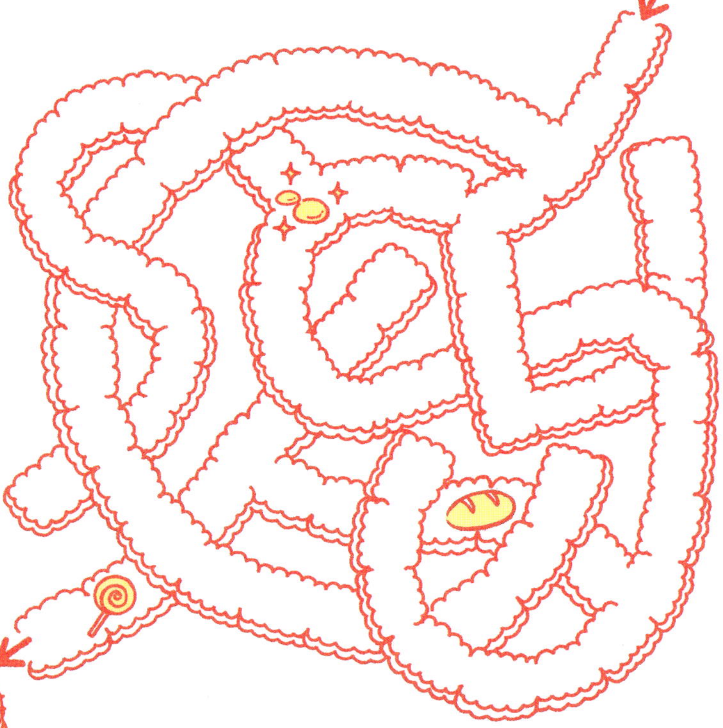

爸爸

答案在最后一页。

致家长

“亲子读”：帮助孩子从“听故事”向“独立读”过渡

随着当代社会的发展，家长们越来越重视孩子的教育，然而由于对儿童发展的规律缺乏认识，部分家长中存在着“揠苗助长”的现象，例如，在阅读方面，让孩子过早地开始独立阅读。

孩子在阅读的起步阶段，一般习惯于用耳朵听故事，用眼睛看图画，并在家长的帮助下完全沉浸到故事的世界中。然而，有些家长在讲了几遍故事之后，就认为“孩子差不多可以自己阅读了”，把书丢给孩子，让孩子独立阅读。这样做往往适得其反，不仅会让孩子不知所措，还会让他们对阅读产生抵触情绪。

孩子在“听故事”和“独立读”这两个阶段之间需要有一个过渡，“亲子读”就是一个科学的过渡方式。和听故事一样，“亲子读”也需要家长和孩子坐在一起，共同面对着书本。首先，家长要做的是告诉孩子“我先念一遍，你要用手指着字跟着读哟”；接下来，家长一字一句地读给孩子听。读了几页之后，家长可以询问孩子“你能把刚才读的故事读一遍吗？”，让孩子初步尝试自己阅读。在这个过程中，家长需要在适当的时候对孩子说一些鼓励的话，比如“你很擅长阅读呢”，或是“嗯，我能明白你讲的故事”等等。这样的训练持续一段时间之后，孩子应该就会说：“我可以自己读了。”

我们在每本书里都准备了三个故事，篇幅由短到长。家长可以和孩子一起，从短故事开始“亲子读”，这样孩子容易产生“我做到了”的成就感，从而循序渐进地培养孩子独立阅读的能力。

经典故事：架起从“亲子读”到“独立读”的桥梁

对于从“亲子读”向“独立读”过渡的孩子来说，经典故事，包括民间故事、神话、传说、童话等体裁，是最适合阅读的。这类故事有以下四个优点：第一，故事趣味性强，容易让孩子对阅读产生期待感；第二，故事结构简单，有明显的起承转合，孩子阅读起来更流畅；第三，叙事感强，情节层层推进，容易让孩子理解和共情；第四，语言生动、文字简单，能够激发孩子的阅读兴致。

丛书按主题精选了在世界各国广为传颂的经典故事。在选编故事时，除了经典这一标准之外，我们还特别重视故事对孩子的教育，尤其是心智的培养，具体包括：第一，对生命的尊重；第二，对喜悦与哀伤的共情能力；第三，了解异域文化，体验发现的乐趣；第四，欣赏大自然的美丽和神奇；第五，展开联想，体会想象的乐趣。通过阅读这些经典故事，体验故事主人公的悲与喜、成与败，孩子可以形成更丰富的经验，也可以学会更丰富的情感表达和语言表达。阅读之后，如果孩子有意愿向成人分享自己的体验，家长一定要重视他们的表达。这样一来，孩子就会更乐于阅读、享受阅读。

日本千叶经济大学儿童学教授　横山洋子

迷宫答案

迷宫 1

迷宫 2

迷宫 3

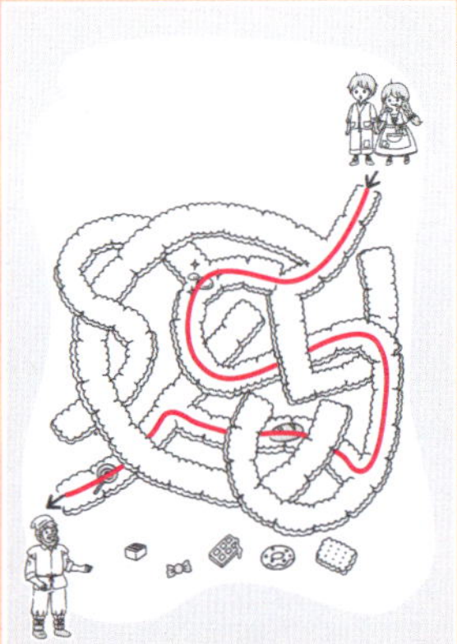